AS JOIAS
DESAPARECIDAS

JOÃO CARLOS MARINHO SILVA

AS JOIAS DESAPARECIDAS

ILUSTRAÇÕES
MAURICIO NEGRO

1ª edição
São Paulo
2023

© 2022, by herdeiros de João Carlos Marinho, Roberto Silva Furquim Marinho Homem de Mello, Cecília Silva Furquim Marinho, Alex Silva Furquim Marinho

1ª Edição, Global Editora, São Paulo 2023

Jefferson L. Alves – diretor editorial
Flávio Samuel – gerente de produção
Beto Furquim – edição e notas
Arnaldo Marques – notas de contextualização histórica
Mauricio Negro – ilustrações e capa
Equipe Global Editora – produção editorial e gráfica

As fotos presentes nesta obra foram gentilmente cedidas pela família de João Carlos Marinho.

Dados Internacionais de Catalogação na Publicação (CIP)
(Câmara Brasileira do Livro, SP, Brasil)

Silva, João Carlos Marinho, 1935-2019
  As joias desaparecidas / João Carlos Marinho Silva, texto editado por Beto Furquim ; ilustrações Mauricio Negro. – 1. ed. – São Paulo, SP : Global Editora, 2023.

  ISBN 978-65-5612-453-7

  1. Ficção policial e de mistério 2. Literatura infantojuvenil I. Furquim, Beto. II. Negro, Mauricio. III. Título.

23-155252   CDD-028.5

Índices para catálogo sistemático:
1. Ficção policial : Literatura infantojuvenil   028.5

Tábata Alves da Silva - Bibliotecária - CRB-8/9253

Obra atualizada conforme o
NOVO ACORDO ORTOGRÁFICO DA LÍNGUA PORTUGUESA

Global Editora e Distribuidora Ltda.
Rua Pirapitingui, 111 – Liberdade
CEP 01508-020 – São Paulo – SP
Tel.: (11) 3277-7999
e-mail: global@globaleditora.com.br

- grupoeditorialglobal.com.br
- @globaleditora
- /globaleditora
- @globaleditora
- /globaleditora
- /globaleditora
- blog.grupoeditorialglobal.com.br

Direitos reservados.
Colabore com a produção científica e cultural.
Proibida a reprodução total ou parcial desta obra sem a autorização do editor.

Nº de Catálogo: **4621**

*Este livro é dedicado à memória
de João Carlos Marinho e a todas
as crianças inventivas e corajosas
que se reconhecem em suas obras.*

SUMÁRIO

As joias reveladas 8
Esta edição 10

AS JOIAS DESAPARECIDAS **11**
Capítulo 1 – O roubo 13
Capítulo 2 – O sofá novo 15
Capítulo 3 – O jornal velho 17
Capítulo 4 – O navio chinês 19
Capítulo 5 – Os jardineiros atrasados 21
Capítulo 6 – Seu Bernardo 23
Capítulo 7 – O assassinato 25
Capítulo 8 – A polícia 27
Capítulo 9 – Um achado 29
Capítulo 10 – Os jardineiros chineses 31
Capítulo 11 – Uma ligação 33
Capítulo 12 – Descoberta sensacional 35
Capítulo 13 – Prisioneiro! 37
Capítulo 14 – Planos sinistros 39
Capítulo 15 – A luta 41
Capítulo 16 – A fuga 43
Capítulo 17 – A perseguição 45
Capítulo 18 – Abordagem 47
Capítulo 19 – O plano 49
Capítulo 20 – Vitória! 51
Capítulo 21 – Prisão de Sabine 53
Capítulo 22 – Um presente 55

VIDA E OBRA DO AUTOR, ANTES E DEPOIS **56**

Quem era o autor mirim? 57

Gibis 58

O ídolo 59

Monteiro Lobato – Como foi o encontro entre o escritor João Carlos Marinho e o Sítio do Picapau Amarelo 59

Apostou e ganhou 62

Filhos e livros 63

Reviravolta 64

Sístoles e diástoles 65

Conselhos 66

Brinquedo preservado 67

FAC-SÍMILES **70**

Notas 142

AS JOIAS REVELADAS

No início de 1969, João Carlos Marinho Silva publicou a aventura policial *O gênio do crime*, um sucesso imediato e persistente. Assinaria dessa forma, ainda, outros livros antes de decidir abreviar o nome literário para João Carlos Marinho, como ficou mais conhecido. O que muitos leitores talvez não saibam é que em 1948, ano em que morreu Monteiro Lobato, o nome João Carlos Marinho Silva já estava na capa de um livro.

Nessa capa, escrita a lápis e presa por um grampo à capa de um caderno pequeno, comprado na papelaria Sul da Sé (ver reprodução a partir da p. 71 da presente edição), há também os dizeres a seguir:

EDITORA COLAPSO
APRESENTA:

AS JOIAS
DESAPARE-
CIDAS

Ao abrir o caderno, com o cuidado de não destacar as folhas da espiral enferrujada, encontra-se uma lista dos títulos anteriores da editora Colapso (p. 73):

O roubo do guarda chuva
Romeu e Julieta
e
Caça ao Gorila

Adiante, encontramos o prefácio, no qual está a opinião do próprio autor sobre o livro *As joias desaparecidas*, em comparação com os anteriores: "êste é o melhor" (p. 83).

Algumas páginas antes desse prefácio, é possível ver uma foto um tanto desatualizada de João Carlos Marinho Silva (p. 77) e saber que nascera em 1935 e morava na cidade portuária de Santos com seu pai Roberto e sua mãe Hortense, na rua Ricardo Pinto, 41 (p. 81). Mesmo nome, idade, filiação e endereço do "detetive *mignon*", que protagoniza *As joias desaparecidas*.

A seguir, escritos à caneta, desenrolam-se os 22 capítulos da história.

Nas páginas finais, destinadas a manifestações dos leitores, há uma que ocupa uma folha toda do caderno. É assinada por Artur Neves, em 5 de dezembro de 1948. Editor com responsabilidades importantes na época, como a de organizar as *Obras completas* de Lobato, Neves diz o seguinte:

> [...] li as páginas vibrantes de *As Joias Desaparecidas* [...] e, sem qualquer consulta à astrologia, baseando-me apenas no valor do fundo e da forma desta novela, prevejo para o jovem escritor o mais brilhante futuro e um lugar de relêvo na literatura nacional. João Carlos Marinho Silva será um grande escritor, ninguém tenha dúvida. [...] (p. 138)

Neves, que tinha o apelido de Frango d'Água, era um grande amigo da família. Foi justamente a ele, com quem mantinha longas e animadas conversas sobre livros, especialmente os da turma do Sítio do Picapau Amarelo, que o garoto dedicou o livro (p. 85).

Por isso, a solenidade de sua declaração era suspeita. Poderia perfeitamente ser interpretada como mera brincadeira afetiva. Não haveria propósito mais plausível para uma opinião tão categórica sobre um livro escrito por um amigo de apenas 13 anos.

No entanto, essa ressalva não é mais tão importante. Mesmo que as previsões nem sonhassem ser tão certeiras, o fato é que aquele garoto nascido em 1935 cresceu, lançou quase vinte livros e, a partir de certa altura da vida, passou a fazer exclusivamente o que sempre quis: escrever. Obras com sua assinatura, como *O gênio do crime* e *Sangue fresco*, alcançaram reconhecimento significativo.

Tudo que aconteceu depois de João Carlos grampear uma capa naquele caderno espiral nos leva a outra hipótese: ao elogiar tanto *As joias desaparecidas*, será mesmo que aquele profissional dos livros, que se orgulhava de ser "descobridor" de escritores, não estava manifestando uma intuição que realmente sentiu?

Nas páginas a seguir, você poderá encontrar as pistas para investigar esse mistério.

ESTA EDIÇÃO

O manuscrito de *As joias desaparecidas* circulou apenas no âmbito íntimo da família e dos amigos próximos. É compreensível. Empolgado, João Carlos escreveu a história em apenas quatro dias e não deixou o texto "descansar", como fazem muitos escritores, numa pausa que os ajuda a ver o que ainda falta arredondar. Como dispensou essa etapa, o original de *As joias desaparecidas*, apesar de suas qualidades, contém problemas ortográficos, repetições evitáveis, certas inverossimilhanças e boas ideias que poderiam ter sido mais bem aproveitadas. Enfim, não é um livro de um "profissional", se é que isso realmente existe em literatura.

Pois bem, as joias saíram do caderno onde permaneceram por tantos anos escondidas. Oferecemos uma versão ilustrada e sutilmente editada desse original, para conferir à obra o "acabamento" que um livro de verdade consegue ter. Mas apresentamos também a reprodução integral da versão original, sem outra edição que as rasuras do autor. Inserimos, também, informações biográficas e notas explicativas a respeito do estilo de escrita e dos recursos utilizados pelo autor.

Nós, Roberto, Cecília e Alex, filhos de João Carlos Marinho Silva, acreditamos que a obra *As joias desaparecidas* pode ajudar a refletir sobre a trajetória que levou João Carlos Marinho a tornar-se um autor reconhecido e, quem sabe, estimular outras crianças a acreditar nesse caminho. Mas, além disso e do valor como documento biográfico, acreditamos que João Carlos já fez, aos 13 anos, uma história que vale por si.

Boa leitura!

AS JOIAS
DESAPARECIDAS

CAPÍTULO 1
O ROUBO

Em 1933, em Xangai, na China, dois bandidos fugiram pelas sombrias ruas daquela cidade oriental, sendo tenazmente perseguidos pela polícia chinesa.

Levavam numa valise várias joias de grande valor. Esses malfeitores sabiam que estavam irremediavelmente perdidos, mas queriam prolongar ao máximo suas horas de liberdade. Assim, entraram no armazém perto do cais onde estavam vários objetos que seriam brevemente exportados para o Brasil. Fecharam a porta hermeticamente, mas só por alguns minutos, pois logo ela seria arrombada pelos policiais, que, com furiosas pancadas, gritavam:

– Abram, em nome da lei!

Desesperados, os bandidos procuraram um local onde pudessem esconder as joias furtadas. Um deles viu, debaixo de um sofá virado no chão, uma pequena abertura provocada por ratos ou outros bichos nocivos. Imediatamente colocou ali dentro as joias, e despejou na parte inferior do sofá toda a tinta de uma caneta, enquanto o outro, com um canivete, lascava um pedaço de uma das pernas do móvel.

Nesse instante, os policiais entraram no recinto. Então, por uma pequena janela, um dos malfeitores jogou a bolsa no mar. Alguns dos policiais correram para ver se a salvavam, achando que ela ainda estava cheia de joias. Mas já era tarde. A bolsa, que se enchera de água, submergia nas águas do oceano Pacífico.

Nos dias que se seguiram, vários escafandristas desceram ao fundo do mar para procurar aquela bolsa. Tudo inutilmente. Julgavam-se perdidas as joias.

Os ladrões foram capturados e condenados a 13 anos de prisão.

Em 1935, como os japoneses tomassem Xangai, os dois malfeitores foram transferidos para uma prisão em Shantung, onde passaram calmamente seus anos de cadeia.

CAPÍTULO 2
O SOFÁ NOVO

Estamos em 1947. Na rua Ricardo Pinto, em Santos, reinava absoluta calma. Qual seria a razão? Muito simples. O senhor João Carlos Marinho Silva estava em São Paulo.

O pequeno detetive, já resolvedor de muitos casos, estava fora de Santos e, por isso, nas proximidades da sua residência, havia profundo silêncio, semelhante ao de um cemitério.

De repente, vê-se um vulto ao longe, que vai se tornando maior à medida que se aproxima. Seus sapatos faziam um barulho já conhecido. Era o senhor João Carlos que vinha chegando.

Ao se aproximar mais ou menos do meio da rua, pôs os dedos à boca e soltou um estridente assobio. Imediatamente, como se as casas daquela há pouco tão pacífica rua estivessem pegando fogo, saíram de dentro delas várias crianças em desabalada corrida. Vinham cumprimentar o detetive *mignon*.

Assim penetrou o menino em sua casa, acompanhado de imensa leva de crianças. Ao entrar na sala, com seu instinto detetivesco, deparou com uma mobília estranha. Perguntou ao Luís, empregado da casa, como aquele móvel viera parar ali. Luís respondeu que havia sido enviado da China por um amigo do seu Roberto, o pai do garoto.

Era um lindo sofá multicor. Tão agradável era sentar-se nele! Tinha apenas um defeito que não seria percebido por um visitante, mas que daria na vista de um hábil conhecedor de sofás. Uma das pernas do móvel estava lascada. Isso o notável detetive reparou logo. Mas, se o sofá estivesse virado, notaria outra coisa: na sua parte inferior havia um furo e uma mancha de tinta.

A TRIBUNA

ESPANHA

NOTÍCIAS DE PORTUGAL

PELA AVIAÇÃO

O VOO DO "ZEPPELIN", ONTEM, SOBRE SANTOS E S. PAULO

A DESCIDA NO CAMPO DA AVIAÇÃO MILITAR E O REGRESSO A RECIFE ——— Outras notícias aviatórias

Skarzyeski foi recebido delirantemente no Campo dos Afonsos

JOIAS RARAS CHINESAS ROUBADAS

CAPÍTULO 3
O JORNAL VELHO

João Carlos estava na sala de visitas da sua casa. Lia com atenção um jornal velho cuja data era de 1933. Esse matutino trazia a notícia de um roubo feito na China por dois astuciosos ladrões, que, quando se viram perdidos, atiraram no mar as joias que haviam furtado. O jornal trazia uma fotografia dos dois malfeitores. O pequeno detetive pensou:

"Atiraram nada! Aposto que as joias estão escondidas em algum lugar e que, quando saírem da cadeia, eles irão buscá-las."

Mal sabia o menino que as joias estavam bem debaixo dele, dentro daquele lindo sofá sobre o qual ele estava sentado. Nesse instante, um menino apareceu no portão e chamou o detetive. João Carlos saiu, atirando o jornal a um canto, e foi jogar bola.

1 Nos anos 1940, as opções de lazer em Santos não eram tão variadas como as que existem hoje. Na época em que se passa a história, um dos programas mais concorridos para moradores da cidade e turistas era ir ao bairro Ponta da Praia (perto da rua Ricardo Pinto) para assistir ao ir e vir dos navios na entrada do porto. Depois que atracavam, os navios podiam ser visitados por conhecidos dos viajantes e curiosos em geral. Bastava pedir uma autorização às autoridades. Na partida dos navios, multidões de amigos e parentes dos viajantes se aglomeravam para a despedida final.

CAPÍTULO 4
O NAVIO CHINÊS

A folhinha marcava 15 de dezembro. João Carlos espreguiçou-se, esfregou os olhos e levantou-se da cama. Eram 6 horas da manhã. Desceu a escada e pegou *A Tribuna*, que se encontrava sobre a mesa. Folheou-a para ver se achava algo que o interessasse. Quando já ia desistir, deparou com uma interessante notícia. Era esta:

"Chega hoje da China o vapor *Chiang-Kai-Shek*. Atracará às 9 horas. Desde essa hora estará aberto a visitantes."[1]

João Carlos fechou o jornal, contente.

Eram 9 horas no Perfecta de João Carlos. Ainda nada se via no horizonte. De repente, apareceu um pontinho lá longe, mas que ia aos poucos aumentando. Era o navio chinês. João Carlos apertava as mãos de contente. Ia ver de perto a China de que ele tanto gostava. Seu coração batia apressadamente, esperando o momento em que o *Chiang-Kai-Shek* atracaria.

Lançaram-se as amarras e o vapor encostou de leve no porto. Puseram a ponte. Imediatamente um mundo de gente amarela, com as calças balançando, saiu de dentro do navio. Era a terceira classe. Depois vieram outros mais bem-arrumados e finalmente os grã-finos da primeira classe. Quando todo mundo saiu, o detetive *mignon* entrou no navio. O capitão cumprimentou-o. Já conhecia os fatos do famoso detetive, cujo retrato já aparecera tantas vezes nos jornais. João Carlos então começou sua visita ao navio.

Que lindo! Lustres multicores balançavam no teto enfeitado por ladrilhos não menos bonitos. As cadeiras eram estofadas, tinham uma cor semelhante à daquele sofá que existia na casa de João Carlos. No chão, lindos tapetes davam maior graça às salas daquele bonito vapor.

Nesse instante apareceram dois homens. Deviam ser passageiros que saíram atrasados do navio. Com surpresa, o garoto viu que aqueles homens se dirigiam para ele. Mas quase desmaiou quando um daqueles homens perguntou num português mal falado:

– O senhor por acaso sabe onde fica a rua Ricardo Pinto, número 41?

CAPÍTULO 5
OS JARDINEIROS ATRASADOS

Refeito da surpresa, o menino, que já havia visitado o navio, dispôs-se a levar os dois passageiros a sua casa, sem, porém, dizer a eles que morava aonde eles iam. João Carlos tinha a impressão de que já tinha visto aquelas caras, mas não se lembrava onde. Quando chegaram na rua Ricardo Pinto, número 41, os chineses deram a mão para o menino, despedindo-se dele, mas qual não foi sua surpresa quando viram que João Carlos entrava naquela casa. Murmuraram estranhas palavras em chinês.

Nesse momento, apareceu no portão a dona Hortense, mãe do detetive, que veio indagar aos viajantes o que eles desejavam. Com o espanto de João Carlos, um dos chineses mostrou um anúncio que há dias ela havia posto no jornal, dizendo que precisava de um jardineiro. Porém, a mãe do menino já tinha um jardineiro, que se apresentara antes daqueles dois estranhos. Mas prometeu a eles que, assim que aquele jardineiro saísse, ela os poria no cargo.

Para estranheza da boa senhora, eles falaram que esperariam. Então não iriam procurar outra casa? Só queriam ser empregados naquela? Por que seria? Com uma porção de interrogações na cabeça, o famoso detetive foi para o seu gabinete particular pensar no assunto.

"Como aqueles chineses haviam obtido o endereço? Por que vieram da China[2] só para se empregarem como jardineiros? Por que só queriam ficar empregados naquela casa?"

Também o detetive *mignon* tinha a impressão de já ter visto aquelas caras. Nisso tinha dente de coelho, e o detetive havia de descobrir como e o porquê de todas aquelas interrogações.

---

2 Na primeira metade do século XX, a maioria das pessoas ainda ia de um continente para o outro de navio. Havia de tudo: de grandes transatlânticos de luxo, que levavam centenas de viajantes, até modestos "navios mistos", isto é, cargueiros com instalações para algumas dúzias de passageiros. Santos, o maior porto brasileiro, recebia navios sem parar: foram 3 620 só em 1948. Praticamente dez navios por dia! Tantos navios no porto produziam uma grande mistura de culturas: alemães, chineses, gregos, ingleses, japoneses... O mundo inteiro passava por Santos.

CAPÍTULO 6
SEU BERNARDO

No dia seguinte, João Carlos levantou disposto a investigar tudo aquilo que o admirara na véspera. Procurava lembrar-se onde tinha visto a cara daqueles dois estranhos que havia encontrado no navio. Nada contou do que havia acontecido a seus pais, guardando para si aqueles estranhos fatos.

Quando estava meditando pela segunda vez naquele assunto, a campainha da rua tocou. O Luís foi atender.

Era o jardineiro novo que, pela primeira vez, comparecia ao serviço. O menino abandonou seus pensamentos e foi cumprimentá-lo. Chamava-se seu Bernardo. Conversaram bastante. Durante todo esse dia de trabalho no jardim, o bom homem teve a companhia do menino, que, pelo jeito, havia simpatizado muito com ele.

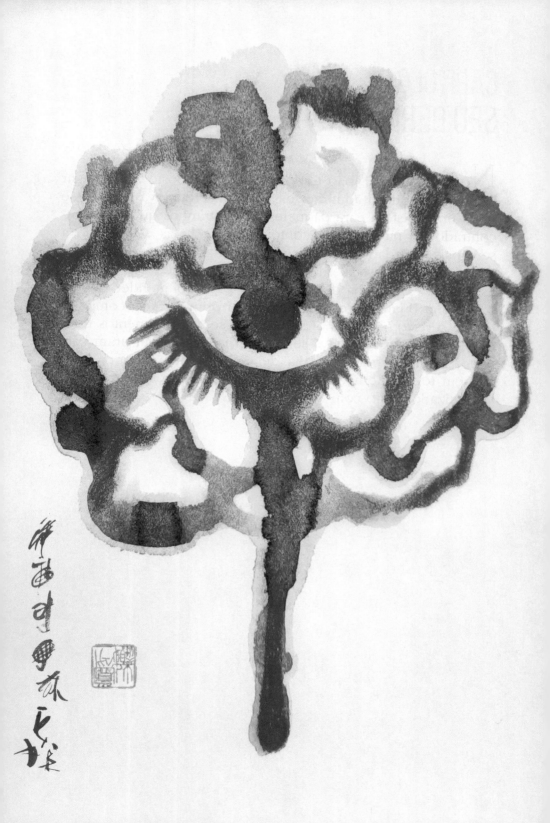

CAPÍTULO 7
O ASSASSINATO

Lá pelas 8 horas da noite, seu Bernardo despediu-se de todas as pessoas da casa, pôs as ferramentas nas costas e tomou a direção norte da rua. João Carlos acompanhava-o com o olhar. O cansaço e o peso das ferramentas faziam seu Bernardo andar bem devagar.

Enquanto isso, um homem de capa dobrou a esquina da rua Epitácio Pessoa, que corta a Ricardo Pinto logo acima da casa de João Carlos, e dirigiu-se a passos largos na direção do jardineiro. Nesse instante, ouviu-se um estampido e um grito. Seu Bernardo caiu pesadamente no chão, enquanto o homem de capa corria e sumia logo na escuridão.

João Carlos correu na direção do jardineiro. Perseguir o assassino já não era mais possível. Chamou Luís, que, já pressentindo que acontecera alguma coisa, trouxe o *flashlight* do detetive.

O rapaz, ao ver a figura do jardineiro deitada numa poça de sangue, soltou um grito de espanto. Mas logo se acalmou. João Carlos pôs a mão no coração do jardineiro. Para sua tristeza, não batia mais. Estava morto aquele jardineiro de quem ele tanto gostara. Algumas lágrimas saíram dos olhos do detetive *mignon* e caíram sobre o imóvel corpo de seu Bernardo. Com o auxílio do Luís, levou o corpo do jardineiro para a varanda e telefonou para a polícia.

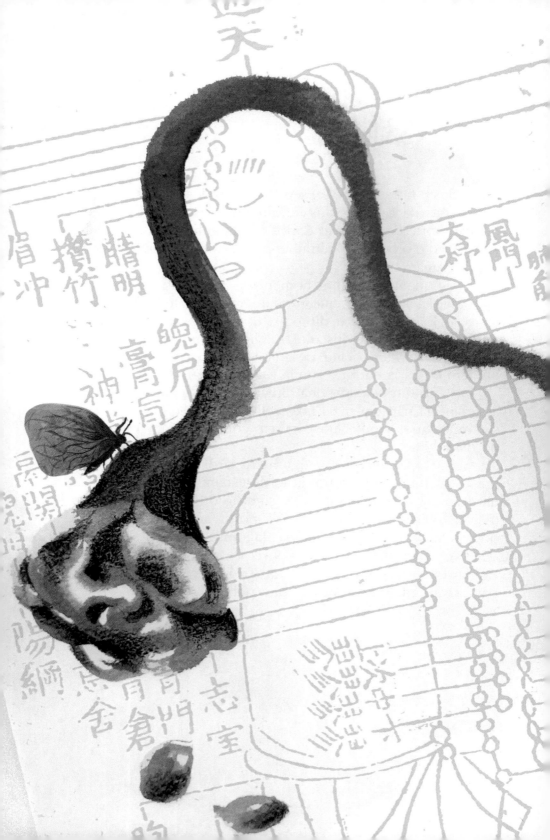

CAPÍTULO 8
A POLÍCIA

Daí a poucos instantes, agudos sons chegaram ao ouvido do pequeno detetive. Eram as sirenes da polícia e da assistência. Uma porção de carros da radiopatrulha pararam em frente do número 41 da rua Ricardo Pinto.

A dona Hortense e o seu Roberto desceram apressados a escadaria e, quando a senhora deparou com o cadáver do seu Bernardo, caiu desmaiada. Seu marido, que por sorte estava ao seu lado, segurou-a. Os guardas saíram dos carros e logo receberam a explicação do que sucedera pelo detetive. Os enfermeiros puseram seu Bernardo numa maca e o levaram para a ambulância. Ajuntara gente na porta da casa. Os policiais precisaram fazer um cordão para impedir que o público entrasse na casa. João Carlos, que já conhecia o delegado, pediu o favor de dar-lhe a bala que matara seu Bernardo e o resultado da autópsia. A polícia e a assistência se retiraram, o mesmo acontecendo com o público curioso.

João Carlos, naquele dia, não pôde dormir, pensando na morte do bom jardineiro. Quem o teria matado? Qual seria a razão? Ele ainda haveria de saber.

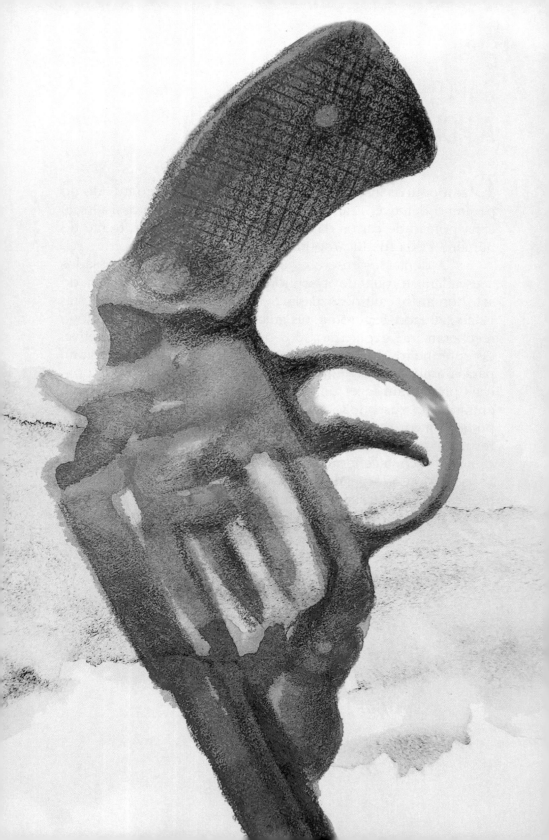

CAPÍTULO 9
UM ACHADO

No dia seguinte, o detetive precoce foi ao local do crime. Apenas viu a grande mancha de sangue de seu Bernardo na areia. Os rastros estavam apagados pelo vento.

Nesse instante, João Carlos viu uma criança com um revólver na mão. Esse garoto fora brincar no mato e lá encontrou uma pistola. A arma de fogo provavelmente havia sido atirada pelo assassino no meio do mato. João Carlos tomou a pistola da criança, que começou a chorar. Para consolá-la, o detetive levou-a a um bar e comprou um sorvete e balas para ela.

Ao chegar em casa, João Carlos examinou a pistola. Era de calibre 32, e estava sem uma bala.

À tarde recebeu uma visita do delegado, que trouxe a bala que matou o jardineiro. Era de calibre 32. O detetive relatou ao delegado o achado e a coincidência de calibres. Já havia uma pista.

CAPÍTULO 10
OS JARDINEIROS CHINESES

A folhinha marcava 18 de dezembro. Lá pelas 10 horas da manhã tocava a campainha da rua. Eram os dois chineses, que, informados do fato, vinham reclamar a promessa que a dona Hortense lhes fizera. Foram recebidos amavelmente pela senhora, que, como havia prometido, os pôs no cargo. O jardineiro se chamava Marbre, e o ajudante, Sabine. João Carlos não ia muito com a cara daqueles dois. Tinha certeza de que já os vira em algum lugar, mas não sabia qual. Tinha também certa impressão de que um deles tinha matado seu Bernardo. João Carlos não contara a sua mãe o modo estranho que encontrou aqueles homens, senão ela na certa os despediria, o que não convinha ao detetive precoce, porque ele queria saber muita coisa daqueles dois estranhos orientais.

CAPÍTULO 11
UMA LIGAÇÃO

Triiiiim. Triiiiiiim. Trim.

— Alô.

— Quem fala?

— 44844.

— O senhor podia fazer o favor de chamar o João Carlos?

— É ele mesmo.

— Aqui é o delegado. Consegui achar a origem das balas do revólver criminoso. São chinesas.

— Chinesas?!?!

— Sim.

— Obrigado pela informação. Até logo.

— Até logo.

Trim. João Carlos pôs o telefone no gancho. Seu coração parecia que ia pular para fora. Agora tinha absoluta certeza. Os assassinos de seu Bernardo eram aqueles jardineiros novos. Não havia dúvidas. Precisaria, porém, de provas mais concretas. Mal sabia o menino que as acharia naquele dia.

CAPÍTULO 12
DESCOBERTA SENSACIONAL

Enquanto pensava, sentado sobre o sofá, o detetive jogava uma bolinha de pingue-pongue no chão, e esta, batendo no assoalho, voltava às suas mãos.

Mas, num momento, quando João Carlos jogou a bolinha no chão, ela bateu na ponta do tapete e rolou para debaixo do sofá. O menino empurrou o móvel para o lado para tirar a bolinha debaixo dele. Nesse momento, ouviu um barulhinho de vidro debaixo do sofá. O que seria? João Carlos afastou mais o sofá e ficou espantado quando viu no chão um grande diamante, cujo brilho, mesmo à luz do dia, era equivalente ao de uma lâmpada elétrica.

Ao lado desse diamante estava um jornal todo empoeirado. João Carlos pôs a mão na cabeça. Lembrou-se que havia lido aquele jornal e que o atirara a um canto. Empurrado pelo vento, o matutino fora parar debaixo do sofá. Aquele jornal trazia a notícia de que dois bandidos haviam roubado uma porção de joias na China e as jogaram fora. João Carlos lembrou-se do pensamento que teve.

"Jogaram nada. Vai ver que eles esconderam em algum lugar."

Explicavam-se todos aqueles fatos. Daqueles dois homens terem vindo da China só para se empregarem como jardineiros na rua Ricardo Pinto, 41. Do detetive ter a impressão de que já os tinha visto. As joias estavam dentro daquele sofá. Aqueles jardineiros eram bandidos e agora precisavam ser presos com urgência, antes que fizessem mais estragos.

João Carlos dirigiu-se ao telefone para avisar ao delegado todos esses acontecimentos.

CAPÍTULO 13
PRISIONEIRO!

O detetive discou o telefone. Esperou um pouco. Discou novamente. Nova espera. Estranho! O telefone não fazia barulho. Por que seria? De repente João Carlos olhou para o lado e ficou aterrado. O fio estava cortado. Só podia ter sido um dos jardineiros. Realmente, Marbre havia presenciado João Carlos fazer todas aquelas descobertas e foi depressa falar a Sabine, que, esperando que o menino fosse telefonar para a polícia, cortou o fio do telefone. João Carlos desceu a escada, mas no seu começo estava Marbre de braços cruzados. O menino voltou correndo para cima. No entanto, no topo da escada estava Sabine com uma foice na mão. Havia se escondido no banheiro e, quando ouviu os passos do detetive *mignon* na escada, foi para o alto dela, enquanto Marbre, que estava lá embaixo, ao ouvir também os passos do garoto ficou no começo da escada. João Carlos, aterrorizado, deu um berro. Em vão, porque todas as pessoas da casa estavam narcotizadas. Os bandidos haviam posto pílulas de narcótico no café. Sabine explicou isso a João Carlos. O menino viu que aquela situação não tinha solução e entregou-se aos bandidos.

Estava prisioneiro!

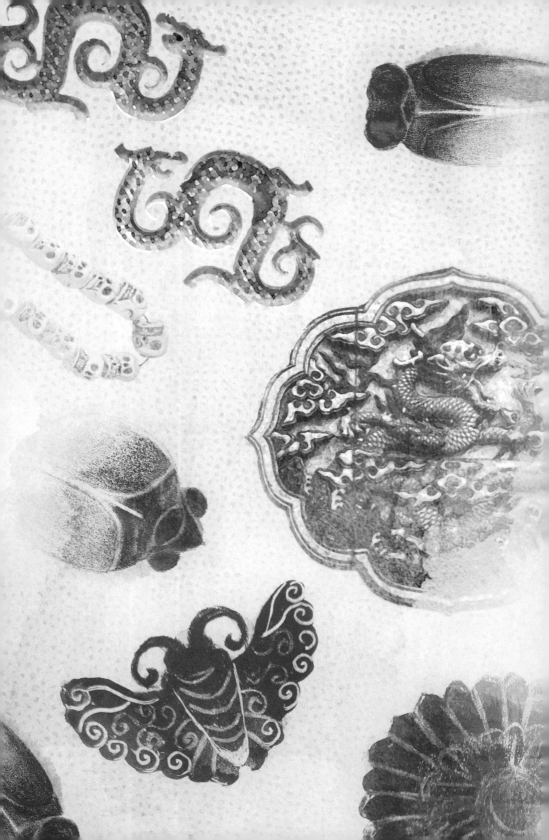

CAPÍTULO 14
PLANOS SINISTROS

João Carlos foi amarrado e obrigado a tomar uma pílula de narcótico, que o fez adormecer como todos os habitantes daquela casa. Quando verificaram que o menino tinha adormecido, o puseram num saco e amarraram a boca deste. Depois, Sabine foi à cozinha e pegou um grande facão que havia lá. Com ele, cortou o revestimento do sofá, e ficou muito alegre quando viu que todas as joias que eles haviam roubado estavam lá dentro.

Nesse instante, viu que Marbre também estava todo contente. Sabine pensou:

"Para que repartir as joias com ele? Quando chegarmos à praia, vou acabar com ele."

Mal sabia Sabine que Marbre, cegado pela cobiça, estava pensando a mesma coisa.

Foram feitos todos os preparativos para que os dois, ou melhor, os três saíssem. Três porque o detetive estava dentro do saco que os bandidos tinham planejado jogar no mar. Os malfeitores iriam pegar o mesmo vapor que os trouxe da China. Mas, como o vapor já saíra do porto há 10 minutos, iriam alcançá-lo de lancha. Não seria difícil pagar a passagem, porque haviam roubado uns contos do seu Roberto, que nesse momento dormia a sono solto.

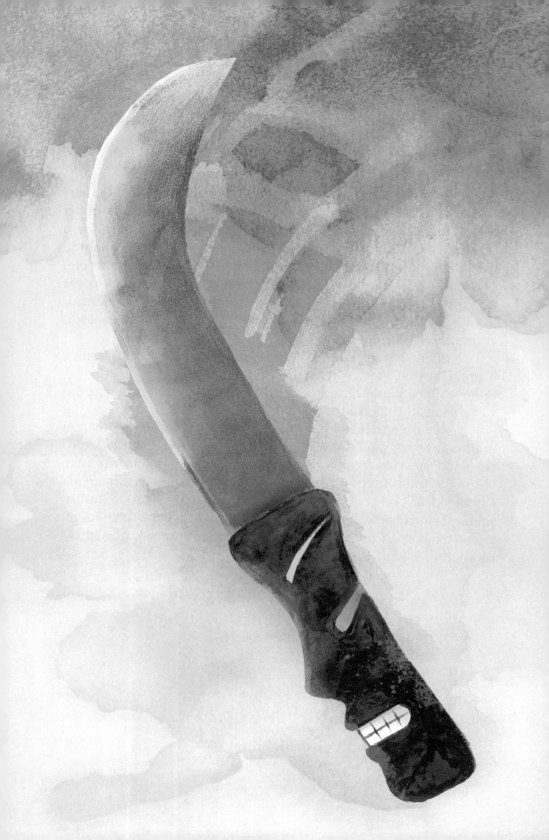

CAPÍTULO 15
A LUTA

Quando estavam prontos para partir, ambos com planos de liquidar o outro, Marbre encaminhou-se para a mesa onde estava o facão que tinha servido para cortar o sofá. Sabine, adivinhando as pretensões do companheiro, correu para a cozinha e lá pegou outro facão do tamanho do que estava na mão de Marbre. Defrontaram-se com o olhar. Um rodeava o outro como em luta de boxe. Ainda nenhum dos dois tomara iniciativa. Foi Marbre quem a tomou. Pegou com a mão esquerda uma cadeira e a atirou sobre Sabine. Este soube desviar-se, e a cadeira, com medonho estrondo, caiu sobre o guarda-louças, quebrando muitos pratos.

Sabine pegou um pequeno banco e, com o banco numa mão e a faca na outra, avançou sobre Marbre, que não foi suficientemente rápido para desviar-se. O banco bateu-lhe com força na cabeça, e ele caiu ao chão. Imediatamente Sabine pulou sobre ele e crivou-o de facadas. Jorrava sangue para todo lado. Marbre parecia uma esponja cheia d'água que, quando espremida, deixa sair o líquido por seus orifícios. O chão ficou todo vermelho. Sabine pegou as joias e, com o saco nas costas, partiu para o cais que havia na Ponta da Praia.

CAPÍTULO 16
A FUGA

Chegando ao pequeno cais, Sabine jogou o saco que continha o detetive nas águas do mar. Se soubesse, porém, a quantidade de golfinhos que havia naquelas águas, não faria isso. Quando o saco estava prestes a afundar, um enorme golfinho começou a levá-lo para a terra e, finalmente, empurrado pelas ondas do mar, o detetive foi parar na praia. Sabine, que a tudo assistira, pensou em correr e arrancar o saco das mãos de umas crianças que estavam na praia. Mas, como isso levantaria suspeitas, o bandido tratou logo de alugar uma lancha e ir atrás do navio, que já devia ter saído da Barra. As crianças já haviam aberto o saco e, quando viram o detetive lá dentro, trataram de desamarrá-lo. João Carlos, que acordara com a água, estava prestes a morrer asfixiado quando foi lançado à praia. Mais alguns instantes e os planos de Sabine surtiriam efeito.

CAPÍTULO 17
A PERSEGUIÇÃO

João Carlos, logo que se viu de pé, saiu correndo em direção ao cais. Lá encontrou um prático[3], já seu conhecido, e relatou--lhe em poucas palavras o que sucedia. O prático infelizmente não tinha nenhuma arma, mas mesmo assim resolveram ir prender Sabine, que tinha em seu poder um afiado facão.

A lancha do prático zarpou. Como ela era mais veloz que a que Sabine alugara, e o prático tinha mais perícia em guiar lanchas, em breve as duas lanchas se igualaram. Uma ia junto à outra. Sabine contemplava a lancha do prático louco de raiva. Já não podia ir para o vapor porque o prático o denunciaria lá. Só conseguiria chegar na China e no vapor se conseguisse matar o prático e o detetive.

---

3 O prático é um piloto local, experiente na região em que atua. Ele traz os navios em segurança do mar até o cais e depois os leva de volta ao mar. Cada porto do mundo possui suas armadilhas. Pedras submersas, bancos de areia, ventos traiçoeiros. Nenhum capitão de navio consegue decorar os perigos de todos os portos em que atraca. Por isso é fundamental haver em cada porto um prático definido. Naquela Santos de 1948, os práticos já usavam lanchas muito rápidas para ir e vir dos navios sem perda de tempo.

CAPÍTULO 18
ABORDAGEM

Sabine só via uma solução: abordar a lancha do prático. Fez seu barco aproximar-se do outro e, com o saco de joias e a faca na mão, largou o leme e deu um pulo, indo cair na lancha onde se achavam o pequeno detetive e o prático. A situação não era das melhores. João Carlos, logo que viu Sabine pular, fechou a porta e as janelas da cabine. Lá fora estava o chinês com uma faca ainda cheia de sangue na mão. Sabine já começara a fazer estragos. Tentava o chinês furar o casco. O prático pôs a lancha a toda velocidade na direção do navio, que já se avistava. Se chegassem lá, estariam salvos. De repente, João Carlos e o prático foram lançados para a frente. A lancha brecara repentinamente. Por que seria? João Carlos foi para a janela e viu o motivo daquela súbita brecada. Sabine havia lançado a âncora que estava na traseira da lancha. Quando o prático foi telegrafar para relatar à polícia sua complicada situação, viu que Sabine havia arrancado a antena do seu lugar. A situação era verdadeiramente crítica. Como conseguiriam sair dela João Carlos e o prático?

CAPÍTULO 19
O PLANO

João Carlos pôs-se a pensar. De repente, estralou os dedos e expôs seu plano:

– Você prende a atenção do chinês, enquanto eu, do outro lado, abro a janela e pulo na água. O mergulho não deve ser ouvido por ele e por isso você faz bastante barulho aí com o martelo. Eu chego por trás do chinês e puxo-lhe as pernas. Quando ele cair na água, você não deixa que ele suba.

As cortinas das janelas estavam fechadas e por isso o chinês nada viu do que se passava dentro da cabine.

CAPÍTULO 20
VITÓRIA!

O prático chegou junto à janela, onde, do outro lado, estava Sabine, e começou a fazer uma barulheira com o martelo. Enquanto isso, do lado oposto da lancha, o pequeno detetive abriu a janela e pulou na água. Sabine estava prestando atenção no que fazia o prático. De repente uma mão pegou na perna do chinês e o jogou na água. Imediatamente, quando o chinês se refazia da surpresa, João Carlos pulou para a lancha, enquanto o prático dava com uma vara na cabeça de Sabine. O pequeno detetive recolheu a âncora e a lancha partiu, ficando Sabine no mar. A lancha rodeava Sabine, que estava sem a faca e sem as joias. A faca caíra no mar e afundara, e as joias estavam na lancha.

CAPÍTULO 21
PRISÃO DE SABINE

O prático logo consertou a antena e pôde telegrafar para a Polícia Marítima. Sabine tentava em vão alcançar o barco. Estava perdido. Logo algumas lanchas da Polícia Marítima chegaram e aprisionaram Sabine, que, fatigado, não opôs nenhuma resistência.

João Carlos entregou as joias à polícia e, depois, acompanhado de alguns policiais, dirigiu-se para sua casa. As pessoas que lá moravam tinham acordado há poucos instantes e estavam assustadíssimas com o cadáver de Marbre, que haviam encontrado na copa. A dona Hortense havia desmaiado. Logo os ânimos foram acalmados.

Chegou a assistência, a radiopatrulha e de novo o povo se aglomerou na porta do número 41 da rua Ricardo Pinto. O delegado soube do que aconteceu e cumprimentou João Carlos. Era mais um caso resolvido pelo detetive *mignon*.

CAPÍTULO 22
UM PRESENTE

Era véspera de Natal. João Carlos, cujo cartaz aumentara consideravelmente na cidade, lia um jornal, sentado na cadeira da varanda. Nesse instante tocou a campainha da rua. O menino foi atender. Era uma encomenda mandada da China para o detetive precoce. João Carlos assinou o recibo e foi para dentro da casa abrir o embrulho. Era uma grande flâmula em que estava escrito:

"Chiang-Kai-Shek[4], pelos valorosos serviços prestados pelo menino João Carlos Marinho Silva, salvando um grande número de joias de alto valor e devolvendo um perigoso bandido à prisão, pede que o menino aceite este humilde presente."

---

4 Chiang Kai-Shek (1887-1975) foi um líder político e militar chinês muito presente nos noticiários dos anos 1940, época em que comunistas e nacionalistas lutavam pelo poder no país. Chiang Kai-Shek era o líder nacionalista, com o perfil de grande herói que os jornais adoravam: foi comandante da resistência contra a invasão japonesa de 1937-1945 e, com o fim da Segunda Guerra Mundial, foi o presidente que reconstruiu o país. Derrotado pelos comunistas em 1949, refugiou-se em Taiwan, ilha até hoje tratada pela China continental como uma província rebelde.

VIDA E OBRA DO AUTOR, ANTES E DEPOIS

QUEM ERA O AUTOR MIRIM?

Já se passou muito tempo desde novembro de 1948. Poucas pessoas ainda podem contar como João Carlos era aos 13 anos.

Sua irmã Dunia era ainda muito pequena, mas se lembra de um irmão que tinha muitos amigos, "organizava partidas de botão e peças de teatro" e "zoava muito" com ela.

É certo que ele já escrevia bastante. Restaram documentos que comprovam isso. Não só histórias. Duram até os dias de hoje, por exemplo, os papéis em que escreveu várias cartas para a família e um longo discurso de formatura da escola onde ele cursou o que hoje se chama de Anos iniciais do Ensino Fundamental.

Em textos autobiográficos reproduzidos na edição especial de 50 anos de seu livro *O gênio do crime*, João Carlos se lembra de passagens significativas de sua vida em Santos:

> O jardim da infância e o primário eu fiz no Ateneu Progresso Brasileiro, das inesquecíveis dona Ida e dona Jandira, ali na avenida Ana Costa. A minha casa ficava perto, na rua Galeão Carvalhal, e no meu aniversário de 5 anos eu fiz um comício em casa, dizendo que não admitia mais que a empregada me levasse para a escola, que aquilo era ridículo, me colocava numa situação de incompetente. A discussão foi forte, a minha mãe era totalmente contra, mas eu ganhei. Vejam o azar, no primeiro dia, andei sozinho até a escola e, na frente da escola, quando atravessei da ilha da avenida Ana Costa para a calçada de lá, veio uma bicicleta na contramão, fui atropelado e sofri um grave ferimento na cabeça, que se chocou contra a quina do meio-fio. Eu não gemia de dor, eu gemia de raiva! O naufrágio dos meus argumentos. Voltei a ser escoltado, até fazer 6 anos. O bafo quente, denso, pesado, daqueles verões de Santos permanece na minha memória, o sol batia muito forte, derretia o asfalto das ruas, queimava o pé das pessoas, mas eu, tirando fora cinema, circo,

mágico e escola, eu andava sempre descalço, criei cascão no pé, por isso não me incomodava. A minha mãe aproveitava o sol forte para fazer cocadas ao sol, um petisco muito bom. Ao terminar o curso primário fui cursar o admissão e o ginásio como interno no Instituto Mackenzie em São Paulo, e continuei residindo em Santos, para onde eu voltava todos os fins de semana e férias.

(MARINHO, João Carlos. *O gênio do crime* – Uma aventura da Turma do Gordo. São Paulo: Global Editora, 2019. p. 185-186. Edição comemorativa 50 anos.)

GIBIS

Como esse menino, que desde tão cedo queria andar sozinho, acabou se tornando um escritor? Com certeza, isso começa com as histórias que foram entrando em sua cabeça.

João Carlos foi muito estimulado a ler, por seu pai e, sobretudo, por seu avô, que tinha uma biblioteca imensa e cuidada com impressionante carinho.

O pequeno João lia muita história em quadrinhos, como *As aventuras de Tintim* e a ótima revista *Gibi*. Também ia muito ao cinema.

Quanto aos livros, naquela época não se faziam tantos destinados a crianças como agora. Além de narrativas tradicionais como contos de fadas e fábulas, o repertório disponível ainda se limitava a aventuras como *A ilha do tesouro* e *Conde de Monte Cristo*, ou romances sentimentais como *Coração*, de De Amicis.

João Carlos lia tudo isso e tentava também se empolgar com os elogiados livros de Júlio Verne, mas não conseguia. Bem diferente do que aconteceu ao se embrenhar na selva perigosa das "Aventuras de Tarzan", série de vários livros escritos por Edgar Rice Burroughs.

O ÍDOLO

No entanto, nada do que o garoto leu antes se compara com a magia que encontrou nas histórias da turma do Sítio do Picapau Amarelo, de Monteiro Lobato. Virou fanático, obstinado, lia e relia com enorme entusiasmo.

No auge de sua paixão pelos livros de Monteiro Lobato, um amigo de seu pai, Artur Neves, passou a trabalhar com seu escritor preferido. Conseguia livros autografados por Lobato e tinha longas e animadas conversas sobre as histórias do sítio.

Em artigo publicado na revista *Bravo!*, que reproduzimos a seguir, o próprio João Carlos conta mais sobre esse contato indireto com seu ídolo.

MONTEIRO LOBATO — COMO FOI O ENCONTRO ENTRE O ESCRITOR JOÃO CARLOS MARINHO E O SÍTIO DO PICAPAU AMARELO

Em 1942 e 1943, quando eu tinha sete para oito anos, o nome de Monteiro Lobato, tanto na casa dos meus pais como na dos meus avós, era respeitado como o do mais importante escritor brasileiro vivo. Era o grande escritor de contos, um Guy de Maupassant brasileiro, era o cronista agudo e engraçado das coisas do cotidiano e era o grande polemista de assuntos brasileiros. Mais do que tudo era uma presença que se impunha sobre todas as outras. Qualquer coisa que surgisse, todo mundo ia procurar saber a opinião de Monteiro Lobato. Mesmo no período em que a imprensa da ditadura de Getúlio Vargas era mais censurada, achava-se um jeito de saber a opinião de Monteiro Lobato.

Ele dominava a cena.

Não a dominava como um *maître à penser*, Lobato não tinha nada de filósofo nem de encadeador de conceitos. Ele dominava a cena com a sua energia, com a força enorme de sua presença, com a sua graça particular e bem desaforadamente brasileira de dizer as coisas.

Eu vivia no meio de crianças e de adultos que davam livros para crianças ou que liam livros para crianças, e ouvia muito conversa de adultos, na minha casa se conversava muito, eu sabia muita coisa sobre a guerra, sabia que a gente estava numa ditadura, e sabia que Monteiro Lobato era um escritor muito importante. Mas não sabia que ele era um escritor infantil.

É claro que muita gente no Brasil sabia, milhares de crianças sabiam, mas o que acontecia na minha casa e na minha família e na minha roda de crianças amigas era um pouco o retrato de uma situação que veio a se inverter completamente depois da morte de Monteiro Lobato. Era um escritor importantíssimo que "também" escrevia para crianças.

Certamente o meu pai e meu avô, intelectuais participantes, sabiam que Lobato "também" escrevia para crianças, mas, com toda evidência, o principal eram as "outras coisas": os contos, as polêmicas, a atividade jornalística, a antiga luta do petróleo e do ferro, as intervenções rudes, desaforadas e muito engraçadas, aquela presença enérgica e fantástica na vida intelectual brasileira.

Então começou a aparecer na minha casa o Frango d'Água. O Frango d'Água era o Artur Neves, amigo do meu pai e editor de Monteiro Lobato na Companhia Editora Nacional (depois o foi também na Brasiliense, quando os dois mudaram para lá). Ganhou esse apelido porque era muito magro, um pescoço espichado, muito ativo, gesticulador, ou fosse o que fosse, o certo é que o apelido pegou. Eu sempre o chamei de Frango d'Água, e, entre os adultos, quando ele não estava presente, o apelido é que dominava.

Ele apareceu assim de repente porque morava em São Paulo e eu morava em Santos com os meus pais. Normalmente meu pai o encontrava em São Paulo. Mas deu que ele começou a descer a serra e passar fins de semana como hóspede na minha casa. Uma criança e os amigos dos pais, as "visitas", é um capítulo à parte na infância de cada um e creio que assim será até o fim do mundo. As crianças e as visitas. O leitor deste artigo já percebeu que o Frango d'Água vai trazer o Monteiro Lobato para a minha vida, mas, tirando fora isso, mesmo que não fosse, ele foi a visita mais querida e mais amiga que aconteceu na minha infância. Ele foi aquela visita que criou uma imensa afinidade com a criança. Eu nunca tinha visto uma visita tão engraçada, tão amiga minha, tão interessante e tão original. O Frango d'Água entrou no meu coração de criança.

E ele foi me trazendo os livros de Monteiro Lobato, alguns autografados, *O Saci* eu tenho até hoje ("Ao João Carlos, com uma palmada de Monteiro Lobato"), *Os doze trabalhos de Hércules,* esse veio depois ("Ao João Carlos, para que aprenda a ser esperto como a Emília e forte como o Hércules"); a minha irmãzinha levou para a escola e roubaram dela, e os outros sem autógrafo, ou ele trazia ou eu pedia para meu pai comprar. Felizmente logo na página 4 dos livros vinha a lista dos volumes publicados, era fácil, era só seguir aquilo.

Eu fiquei imediatamente apaixonado pelas *Caçadas de Pedrinho* e pelo resto, uma força colossal que me ligou àqueles livros, eu não ia ficar analisando, via só a graça que o Lobato levava aos enredos, aos diálogos, às descrições, era um mundo completamente superior aos dos livros infantis que eu tinha lido. Uma coisa assim que o público (e eu) sentiu quando viu o Pelé jogar: é ele. É "ele" e acabou-se.

Naquele tempo das grandes cozinheiras, e das copeiras, os almoços e jantares demoravam uma eternidade. Eu sempre sentava ao lado do meu pai, ouvia muito, dava poucos palpites, ouvia da estreia do Leônidas, da batalha de Stalingrado, do Domingos da Guia no Corinthians, dos dribles de meio milímetro que o Domingos tinha feito antes, do Zizinho que quebrou a perna do Agostinho, do nosso detestado ditador Getúlio Vargas, que prendia as pessoas de quem eu gostava (como prendeu o meu pai e o Frango d'Água), da paralisia do Roosevelt, da coragem do Churchill. Evidentemente não se falava com amor do Filinto Müller e dos espias que rondavam as pessoas suspeitas ou que elas achavam que as rondavam, e de repente, não mais que de repente, eu e o Frango d'Água começamos a discutir o Visconde de

Sabugosa, as pílulas do doutor Caramujo, as coisas da dona Benta e da tia Anastácia, o Pedrinho e a Narizinho, o tio Barnabé e o Saci, e os rodamoinhos de vento, e aquela conversa de mesa esquentou, outros meteram o bedelho, sem desmerecer a importância da Segunda Guerra Mundial, que era interessantíssima, todas as crianças desenhavam um periscópio saindo da água, um avião largando bomba, sem desmerecer a Segunda Guerra Mundial, a turma do Sítio do Picapau Amarelo foi colocada em lugar de honra naquelas conversas também.

(MARINHO, João Carlos. *Bravo!*, n. 126, fev. 2008.)

APOSTOU E GANHOU

Quando cresceu, João Carlos conseguiu o que queria. Como apostou Artur Neves, o autor de *As joias desaparecidas* se tornou um escritor conhecido e respeitado, sobretudo na literatura voltada justamente para aqueles que estão no caminho que vai dar no fim da infância, dos 7 aos 14 anos. João nunca mais se esqueceu dos detetives *mignons* que existem muito bem disfarçados por aí. Tanto que, logo em *O gênio do crime*, seu primeiro livro publicado, apresenta uma turma de crianças que mergulha numa investigação perigosa. O sucesso dessa aventura entusiasmou João Carlos a escrever outras histórias com os mesmos personagens.

Foi assim que foram surgindo *O caneco de prata*, *Sangue fresco*, *O livro da Berenice*, *Berenice detetive* e várias outras, que formaram a série "As aventuras da Turma do Gordo".

Mas João Carlos escreveu também para os que cresceram, como ele: dois romances, um volume de contos, um livro de poesia e um ensaio sobre Monteiro Lobato. E duas outras obras foram pensadas para ser lidas tanto por jovens quanto por adultos: *Pai mental e outras histórias* (contos) e *Três homens e uma canoa* (tradução/adaptação de *Three men in a boat*, do britânico Jerome K. Jerome).

FILHOS E LIVROS

Entre o desejo de ser um escritor e sua concretização, porém, existe um longo caminho. João precisou persistir por muito tempo antes de finalmente ter a vida com que sonhou. Desde que mostrou a amigos e parentes mais próximos *As joias desaparecidas*, no final de 1948, até a publicação de seu primeiro livro impresso, passaram-se mais de vinte anos de estudo e trabalho, tristezas e vitórias, amor e mudanças:

- Em junho de 1949, perde seu melhor amigo, seu modelo de vida: o pai, Roberto, vítima de anemia aplástica, doença do sangue que já o enfraquecia há anos. João Carlos e sua irmã Dunia mudam-se com a mãe Hortense para a casa dos avós maternos em São Paulo, cidade onde João Carlos já estudava como interno na escola Mackenzie.
- De 1951 a 1955, mora e estuda longe da família, em Lausanne, na Suíça. Faz grandes amigos e ganha o posto de capitão do time de futebol da École Nouvelle de la Suisse Romande. A escrita mantém-se sempre presente: João recebe muitos elogios pelas peças de teatro que escreve para encenar com os colegas.
- Em 1956, seu amado avô João Marinho de Azevedo morre e terminam seus tempos suíços. Volta para São Paulo e inicia a busca por formação universitária.
- De 1957 a 1961, cursa a Faculdade de Direito do Largo de São Francisco.
- Em 1962, casa-se com Marisa Furquim. O casal vai morar e trabalhar em Guarulhos (SP).
- Em 1964, nasce o filho Roberto.
- Em 1965, consolida um próspero escritório de advocacia trabalhista em Guarulhos e consegue organizar sua vida para começar a escrever o primeiro livro que publicaria.
- Em 1967, nasce a filha Cecília.

- 1969 é o ano do nascimento do caçula do casal, Alex, e o marco inicial de suas publicações literárias: finalmente lança *O gênio do crime*, após anos de escrita, opiniões, reescritas, crises e aperfeiçoamentos.

REVIRAVOLTA

Desde *O gênio do crime* até *O fantasma da Alameda Santos*, última obra que publicou, em 2015, sua vida foi ritmada pelos lançamentos de livros.

No meio desse trajeto, em 1987, acontece uma grande reviravolta. João Carlos separa-se da esposa Marisa, mãe de seus filhos, e assume o risco de dedicar-se só à literatura. Para isso, abandona a carreira de advogado que lhe permitiu sustentar a família. Deixa também, de uma vez por todas, o álcool e os cigarros que ameaçavam seriamente sua saúde.

A partir desse ano, passa a levar uma vida simples e sistemática, em que as doses exageradas passam a ser só de filmes, música clássica, noticiários, futebol europeu e, acima de tudo, dos livros que ele não cansava de reler: Proust, Guimarães, Tolstói, Montaigne, Graciliano, Céline e, como não poderia deixar de ser, Lobato, sempre.

Essa rotina que criou no pequeno apartamento no bairro paulistano de Pinheiros foi mantida até o fim de sua vida, mesmo durante o intervalo de quatro anos em que viveu nas montanhas mineiras de Monte Verde. Nessa época, as páginas e telas eram entremeadas por caminhadas na natureza.

Quando se tornou mais conectado, já no século XXI, passou a escrever longas respostas aos fãs que o procuravam, por e-mail e pelo Facebook. Também recebia caravanas de alunos, trazidos pelas escolas, no salão de festas do prédio onde morava. Nessa intensa comunicação, os leitores foram se tornando grandes amigos, quase uma família ampliada, a quem João revelava histórias que a própria família não conhecia.

Trechos dessas mensagens são compartilhados aqui e ajudam a entender melhor esse garoto que queria tanto ser escritor.

SÍSTOLES E DIÁSTOLES

Ao receber de volta o caderno, após muitos anos sem vê-lo, a primeira reação de João Carlos foi segregar *As joias* de tudo que escreveu depois, já como escritor profissional. Referia--se à história como coisa "de criança".

Em 2010, respondendo a um leitor, falou do sucesso de *As joias desaparecidas* entre a família e os amigos na época em que escreveu e comentou:

> Tiveram todos a sabedoria de não transformar uma coisa inteligente, promissora, mas evidentemente infantil, numa publicação ostentatória de "gênio precoce", que só me teria feito mal e me levado ao ridículo.

Foi só em 2014 que João Carlos passou a enxergar um valor genuíno no seu manuscrito infantil. É isso que se pode entender da seguinte correspondência com seu amigo de juventude Felix Forestieri:

> Outro dia, quando eu te mandei um pequeno trecho de uma história que escrevi aos 13 anos, você observou que aquele estilo de escrever é o mesmo que eu tenho hoje e falou com muita acuidade que o texto "respirava do mesmo jeito", quer dizer, as mesmas sístoles e diástoles, uma respiração própria com as suas contrações e expansões. E é verdade, é impressionante. Este texto infantil eu não o via há mais de quarenta anos, tirei do armário agora, e apenas tinha observado que naquela idade eu já transmitia as ideias de maneira muito clara e com muito bom gosto, sem enfeitar nada, mas a observação que você fez é muito interessante. É exatamente o mesmo ritmo, totalmente pessoal.

CONSELHOS

O manuscrito de 1948 era citado também em suas respostas a crianças que começavam a escrever histórias e pediam conselhos a ele. A um deles, João enumerou as histórias que escrevera antes das *Joias* e recomendava "ir escrevendo", persistir: "faça uma, faça duas, faça três, até encontrar o jeito de uma historinha infantil mais bem-arrumada e com boa inspiração".

Em resposta a outro leitor que também se aventurava na escrita, ele desenvolveu mais as recomendações sobre escrever:

> [...] Você deve [...] ir além de historinhas que você inventa. Procure fundar um jornal na escola ou na classe, ou participar do que já existe, participe de atividades culturais de sua escola e de seu bairro, como peças de teatro, reuniões para ler poesia, e aplique-se bastante nos exercícios de redação que a professora manda fazer. Na sua idade é impossível dizer, lendo as suas histórias, se você tem um real talento para escrever ficção ou não, isto só vai aparecer de modo mais palpável depois da adolescência, com a experiência da vida, as múltiplas leituras e o amadurecimento do cérebro, mas já é possível dizer que sem dúvida você terá o caminho de sua vida entre as profissões destinadas a quem tem boa redação, como advogado, juiz, promotor, jornalista, roteirista etc. As redações dos grandes escritores na infância, como é o caso de Monteiro Lobato, não indicam nenhum talento especial, a não ser de que o destino daquela criança provavelmente estará ligado a uma profissão que exige boa redação. Isto não quer dizer que você deve parar de inventar histórias, continue [...] Na sua idade não é possível distinguir ainda entre as crianças que tem "facilidade de redação" e as que têm "vocação e talento". Continue escrevendo, ouça os elogios dos outros com prazer, mas não se iluda com eles, você ainda tem uma estrada muito longa e muito difícil pela frente, que vai exigir muito trabalho e paciência, e muitos anos, e a criança que se envaidece demais com os elogios pode se prejudicar, achando que já é "escritor", já "está feito",

e com isso deixar que a vontade de "aparecer" venha frear e diminuir a enorme força de vontade que você vai precisar e perturbar o enorme estoque de paciência de que o futuro escritor precisa.

BRINQUEDO PRESERVADO

Seja qual fosse a opinião racional que tinha sobre *As joias desaparecidas*, João Carlos parecia já saber que o livro seria algo importante em sua vida. Tanto o livro como objeto genérico, o suporte concreto da literatura, quanto aquele livro específico que ele "brincou" de fazer.

O processo no qual o menino mergulhou obstinadamente durante quatro dias, de 25 a 28 de novembro de 1948, pode ter revelado que ele mesmo era capaz de escrever um livro.

João nunca falou textualmente, mas deixou pistas sobre o valor que percebeu nessa empreitada. Para os bons detetives que leem este texto, uma pista bem reveladora foi ter guardado esse caderno como um tesouro, talvez o único "brinquedo" que preservou até a velhice.

Aqui abro um parêntese para falar dos outros objetos da infância dele que chegaram até nós, filhos: alguns cavalinhos de metal e a pista que, por um mecanismo de vibração mecânica, fazia com que eles "apostassem corrida". Para mim, era algo que gerava só curiosidade. Bem diferente do projetor e dos filmes de 8 milímetros em preto e branco, todos mudos, presente que ganhou do avô e que muitos anos depois foi responsável por tardes e noites inesquecíveis em nossa casa em Guarulhos. As fitas mais marcantes eram de Carlitos, Tarzan, Mickey e Donald e de uma batalha emocionante entre um tigre e uma serpente. Aprendi a encaixar o começo da fita no outro rolo, ligar a lâmpada e projetar eu mesmo os filmes daquele incrível cinema particular, que impressionava meus amigos.

Esses objetos se perderam com o tempo, mas restou o caderno com *As joias desaparecidas*, surpreendentemente bem conservado desde 1948.

Abro um novo parêntese para dar créditos especiais para nossa mãe Marisa, guardadeira profissionalíssima. Na separação do casal, foi ela que se lembrou de cuidar dessa relíquia. Foi após anos de hibernação entre fotos, cartas, documentos e outras lembranças sob a custódia zelosa da ex-mulher que o caderno voltou às mãos de João.

Após sua morte, cabe agora a nós, filhos, tornar esse delicioso brinquedo literário acessível para todo o público de João Carlos Marinho Silva.

Beto Furquim

João Carlos com sua turma na escola Mackenzie, em São Paulo, na época em que escreveu suas primeiras histórias.

João Carlos, sua irmã Dunia e a babá na praia, em Santos, 1945 ou 1946.

Neste detalhe de outra foto em Santos, Dunia está com cerca de 4 anos, com o pai Roberto e a mãe Hortense. Só falta João Carlos.

FAC-SÍMILES

EDITORA CO-ARSO
APRESENTA

AS
JOIAS
DESAPARE
CIDAS

por João Carlos Maninho Silva

A EDITORA COLAPSO
APRESENTA —

AS
JÓIAS
DESAPARECIDAS

por
João Carlos Marinho Silva
que que faz autor de

— O roubo do grande chuva
— Romeu e Julieta —

e

Caça ão Gorila —

Este livro
ganhou o Prémio
Nobel de Literatura em 1948

2

Êste livro contém cenas de ...

ROMANCE

AÇÃO

MISTÉRIO

Tudo isto contém êste livro fervilhante em emoções.

4

ÊSTE LIVRO GANHOU O PREMIO NOBEL DE LITERATURA.

PRECIOSIDADES

o autor do livro com 10 anos.

João Carlos Marinho Silva

a assinatura do autor

6

LISTA DOS VOLUMES DA

EDITORA COLAPSO

1. O Roubo do Guardachuva

2. Romeu e Julieta

3. Caça ao Gorila

4. As jóias perdidas

Todos êstes livros foram escritos pelo petit escritor.

João Carlos Marinho Silva

8

7 DADOS BIOGRÁFICOS DO AUTOR.

Nasceu no dia 25 de setembro de 1955 no hospital do Móra dos Inglêses. no Distrito Federal.

É filho de Roberto Silva e Hortense Marinho.

Tem olhos azues levemente esverdeados, cabelo loiro acastanhado é de cor branca.

Sua residência em Santos é a rua Ricardo Pinto n° 41 e em S.Paulo reside a rua Vitorino Carmilo 620.

Impressão do polegar direito   Impressão do polegar esquerdo

10

PREFÁCIO

Tive a inspiração para escrever êste livro numa noite de chuva. Como não tinha o que fazer resolvi escrever qualquer coisa. Peguei na pena e no papel e comecei a escrever. Toda noite daí por diante escrevia mais um pouco e quando dei pela coisa êste livro estava feito.

Desta vez êste livro não está escrito em quadrinhos como os três primeiros que escrevi. Está escrito com palavras. Só palavras. Não há figuras. Penso que, de todos os romances que escrevi êste é o melhor. Talvez o leitor tenha opinião contrária. Dirá na certa que êste livro está colossal. Mas por dentro... Como não quero aumentar o

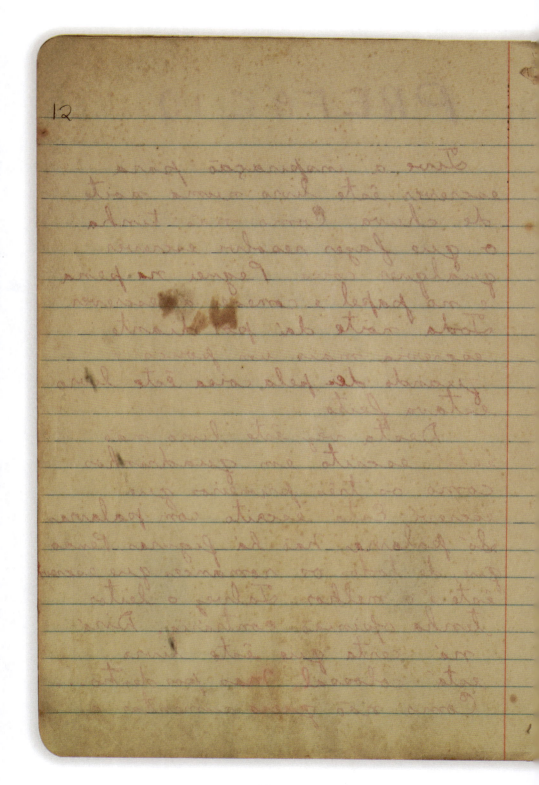

sofrimento do leitor acabo
aqui com êste prefácio.

Êste livro é dedicado
ao amigo do meu pai e também
meu amigo:
Frango D'Água

João Carlos Marinho Silva

27 de novembro de 1948

14

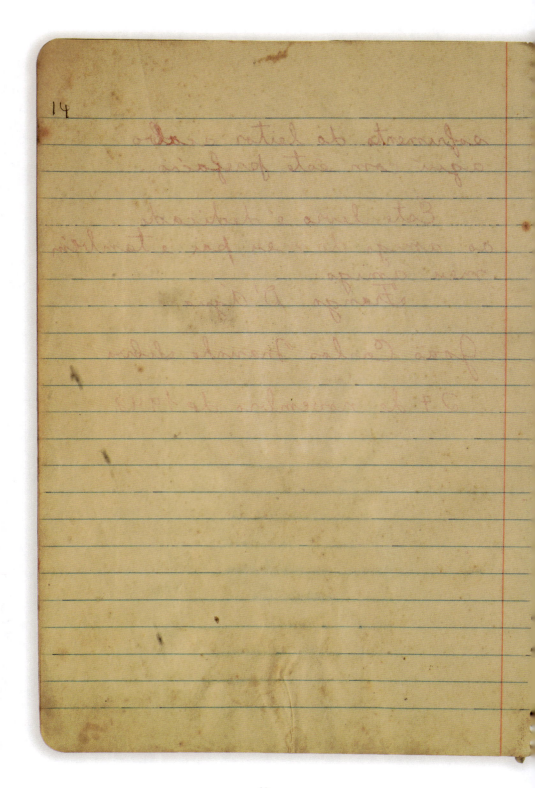

15

Capítulo 1 — O roubo

Em 1933 em ~~Shangai~~ na China 2 bandidos fugiam pelas sombrias ruas daquela cidade oriental sendo tenasmente perseguidos pela polícia chinesa. Levavam numa valise várias jóias de grande valor. Êstes malfeitores sabiam que estavam irremediavelmente
neadidos
~~reacidos~~ mas queriam prolongar ao máximo as suas horas de liberdade. Assim, entraram êles num armazem perto do cais onde estavam vários objetos que seriam brevemente exportados para o ~~Brasil~~. Fecharam a porta hermeticamente, mas esta só poderia ficar assim alguns minutos pois logo seria arrombada pelos policiais que com furiosas pancadas gritavam
— Abra em nome da lei!
malfeitores
Desesperados, & procuraram um local onde pudessem esconder as jóias

16

furtadas. Um dêles — viu debaixo
de um sofá que estava no chão
virado uma pequena abertura naturalmente provocada pelos ratos ou outros
bichos nocivos. Imediatamente introduziu
lá dentro as jóias e pegando na
sica caneta tinteiro despejou tôda
tinta desta na parte inferior
do sofá enquanto o outro com o
seu canivete lascava um pedaço
de uma das pernas do sofá. Nêsse
instante entraram os policiais no
recinto. Então um dos malfeitores
atirou a bolsa já sem jóias por
uma pequena janela indo a bolsa
cair nas águas do mar. Os
policiais que naturalmente pensavam
que a bolsa estivesse cheia de
jójias ficaram assustadíssimos
e alguns dêles correram para
ver se salvavam a bolsa que
julgavam cheia de jóias. Mas

já era tarde. A bolsa que se enchera de água submergiu nas águas do oceano Pacífico. Nos dias que se seguiram vários escafandristas desceram ao fundo do mar para procurar aquela bolsa. Tudo inutilmente. Julgavam-se perdidas as jóias. Os ladrões foram presos e condenados a 13 anos de prisão. Em 1935 como os japonêses tomassem Shangai os dois malfeitores foram transferidos para uma prisão em Shantung onde passaram calmamente seus anos de cadeia.

18

- Capítulo 2 -
O sofá novo.

Estamos em 1947. Na rua Ricardo Pinto em Santos (Brasil) reinava absoluta calma. Qual seria a razão? Muito simples. O sr João Carlos Marinho Silva estava em São Paulo. O pequeno dectetive já resolvedor de muitos casos estava fora de Santos e por isso nas proximidades da sua residência havia profundo silêncio semelhante ao dum cemitério. De repente ve-se um vulto ao longe que vae se tornando maior a medida que se aproxima. Seus sapatos faziam um barulho já conhecido. Era o sr João Carlos que vinha chegando. Ao se aproximar mais ou menos ao meio da rua pos os dedos a boca e soltou um estridente assobio.

19

Imediatamente, como se as casas daquela a pouco tão pacífica rua estivessem pegando fogo saiam de dentro delas várias crianças em desabalada corrada. Vinham cumprimentar ao detetive mignon. Assim penetrou o menino na sua casa acompanhado de imensa leva de crianças. Ao entrar na sala com seu instinto detetivesco deparou com uma mobília estranha. Perguntou ao Luís (empregado da casa) como aquele movel ali viera parar. Luís respondeu que aquêle movel havia sido enviado da china para lá por um amigo do seu Roberto (pai do JXM). Era na verdade um lindo sofá multicor. Tão agradavel era sentar nêle! Tinha apenas um defeito que não seria notado por um vizitante mas que daria na vista d um habil conhecedor

20

de sofás. Uma das pernas do movel estava lascada. A isso o notavel detective notou logo. Mas, se o sofá estiver virado notaseia outra coisa. Que havia um furo na sua parte inferior e esta estaria suja de tinta.

Capitulo 3 —
O jornal velho.

João Carlos estava na sala de visitas da sua casa. Lia com atenção um jornal velho cuja data era de 1933. Êste matutino trazia a notícia de um roubo feito na China por dois astuciosos ladrões e que, quando êles se viram perdidos atiraram as jóias que haviam furtado no mar. O jornal trazia a fotografia dos dois malfeitores. O pequeno detective pensou. — Atiraram nada! Aposte que as jóias estão escondidas em algum lugar e que quando eles sairem da cadeia irão busca-las. Mal sabia o menino que as jóias estavam bem debaixo dêle, dentro daquêle lindo sofá sôbre o qual êle estava sentado. Nesse instante um menino apareceu no portão e chamou o detective. João Carlos saiu, atiran-

22

do o forral a um canto e foi
jogar bola.

Capitulo 4 –
O navio chinês

A folhinha marcava 15 de dezembro. João Carlos espreguiçou-se, esfregou os olhos e levantou da cama. Eram 6 horas da manhã. Desceu a escada e pegou a Tribuna que se achava sôbre a mesa. Folheou-a para vêr se achava alguma noticia que lhe interessasse. Quando já ia desistir deparou com uma interessante noticia. Era esta:

"Chega hoje da China o vapor Chiangu-di-Chek. Atracará as 9 horas. Desde esta hora está aberto a visitantes".

João Carlos fechou o jornal contente.

Eram 9 horas no "Perfecta" de João Carlos. Ainda nada se via no horizonte. De repente apareceu um pontinho lá longe mas que ia aos

24

poucos aumentando. Era o navio
chinês. João Carlos apertava as
mãos de contente. Ia ver de perto
a China de que êle tanto gostava.
Seu coração batia apressadamente
esperando o momento em que o
Chiang-Ai-Chek atracaria. Lançaram-se as amarras e o vapor encostou de leve no porto. Pusseram
a ponte. Imediatamente um mundo
de gente amarela, com as calças
balançando saiu de dentro do
navio. Era a 3ª classe. Depois
vieram outros mais já bem arrumados
e finalmente os granfinos da 1ª
classe. Quando todo mundo saiu
o detective mignon entrou no navio
. O capitão cumprimentou-o. Já conhecia os fatos do famoso detective cujo
retrato já aparecera tantas vezes nos
jornais. João Carlos então ~~então~~
começou sua visita ao navio.

Que lindo! Lustres multicores balançavam no teto enfeitado por ladrilho não menos bonitos. As cadeiras eram estofadas, tinham uma côr semelhante à daquêle sofá que existia na casa do João Carlos. No chão lindos tapêtes davam maior graça as salas daquêle bonito vapôr. Nêsse instante apareceram dois homens. Deviam ser passageiros que saiam atrazados do navio. Com surpresa o garôto viu que aquêles homens se dirigiam para êle. Mas quase desmaiou quando um daquêles homens perguntou num português mal falado.

— O senhor por acaso sabe onde fica a Rua Ricardo Pinto nº 41?

26

Capitulo 5
Os jardineiros atrazados

Refeito da surprésa, o menino
que já havia visitado o navio,
dispos-se a levar os dois passageiros
a sua casa, sem porém dizer a
êles que morava onde êles iam.
João Carlos tinha a impressão
que já tinha visto aquelas
caras mas não se lembrava
aonde. Quando chegaram na
rua Ricardo Pinto nº 41 os
chineses deram a mão para o
menino despedindo-se dêle mas
qual não foi a sua surpresa
quando viram que João Carlos
entrava naquela casa. Murmuraram
estranhas palavras em chinês.
Nêste momento apareceu no
portão a dona Hortense; mãe do
detective; que veio indagar aos

27

viajantes o que êles desejavam. Com
o espanto de João Carlos sem
dos chinêses mostrou um anuncio
que a dias a sua mãe havia
posto no jornal dizendo que
precisava de um jardineiro. Porém
a mãe do menino já tinha um
jardineiro que se apresentara antes
daquêles dois estranhos. Mas prometeu a êles que assim que aquêle
jardineiro saisse ela os poria
no cargo. Para extranheza da
bôa senhora êles falaram que
esperiam. Então não iriam
procurar outra casa? Só queriam
ser empregados naquela? Por que
seria? Com uma porção de interroga-
çoẽs na cabeça o famoso detective
foi para o seu gabinete particular
pensar no assunto.
    "Como aquêles chinêses
haviam obtido o endereço? Por

28

que vieram da China só para se empregarem como jardineiros? Por que só queriam ficar empregados naquela casa?"

Também o detective mignon tinha a impressão de já ter visto aquelas caras. Nisso tinha dente de coelho e o detective havia de descobrir o como e o porque de todas aquelas interrogações.

Capítulo 6 —
Seu Bernardo

No dia seguinte João Carlos levantou disposto a investigar tudo aquilo que o admirara na véspera. Procurava lembrar-se onde tinha visto a cara daqueles dois estranhos que havia encontrado no navio. Nada contou do que tinha acontecido a seus pais guardando para si aquêles estranhos fatos. Quando estava meditando pela segunda vez naquêle assunto a campainha da rua tocou. O Luís foi atender. Era o jardineiro novo que pela primeira vez comparecia ao serviço. O menino abandonou seus pensamentos e foi cumprimentá-lo. Chamava-se seu Bernardo. João Carlos logo simpatizou com o bom homem e,

30

durante o dia, enquanto o
jardineiro trabalhava conversava
com o menino que pelo geito
havia simpatisado muito com
êle.

Capítulo 7
O assassinato

Lá pelas 8 horas da noite seu Bernardo despediu-se de tôdas as pessoas da casa, pôs as ferramentas nas costas e tomou a direção norte da rua. João Carlos acompanhava-o com o olhar. Tinha simpatisado muito com aquêle pobre homem. Enquanto seu Bernardo andava bem devagar, porque estava com ferramentas nas costas e também por que estava fatigado, um homem de capa dobrou a esquina da rua Epitácio Pessôa; rua que corta a Ricardo Pinto logo acima da casa do João Carlos; e dirigiu-se a passos largos na direção do jardineiro. Nêsse instante ouviu-se um estampido e um grito. Seu Bernardo

32

caiu pesadamente no chão, enquanto que o homem de capa corria,
sumindo-se logo na escuridão.
João Carlos correu na direção
do jardineiro. Perseguir o assassino
já não era mais possivel. Chamou
o Luis que, já pressentindo que
acontecera alguma coisa trouxe
o flash light do detective. O rapaz
ao vêr a figura do jardineiro
deitada numa poça de sangue
soltou um grito de espanto. Mas
logo se acalmou. João Carlos
pôs a mão no coração do jardineiro para ver se êste batia.
Para sua tristesa o coração não
batia. Estava morto aquêle jardineiro que êle tanto gostava.
Algumas lágrimas sairam
dos olhos do detective mignon
e caiam sôbre o imovel corpo
do seu Bernardo. Com o auxílio

do Luís levou o corpo do jardinario para a varanda e telefonou para a policia.

54

Capítulo 8
A polícia

Daí a poucos instantes, agudos sons chegaram ao ouvido do pequeno detective. Eram as sirenes da polícia e da assistência. Uma porção de carros da radio patrulha pararam em frente do n.º 41 da rua Ricardo Pinto. A dona Hortense e o seu Roberto desceram apressados a escadaria e, quando o senhor deparou com o cadaver do seu Bernardo caiu desmaiada. O seu marido, que por sorte estava ao seu lado, segurou-a. Os guardas sairam dos carros e logo receberam a explicação do que sucedera pelo detective. Os enfermeiros puseram o seu Bernardo numa maca e o levaram para a ambulância. Ajuntara gente na porta da casa. Os policiais precuraram

fazer um cordão para impedir
que o publico entrasse na casa.
João Carlos que já conhecia o
delegado pediu o favor de
dar-lhe a bala que matára
seu Bernardo e o resultado da
autopsia. A policia e a assistência
se retiraram o mesmo acontecendo
com o publico curioso.

João Carlos naquele dia não
pode dormir pensando na morte
do bom jardineiro. Quem o teria
matado? Qual seria a razão?
Êle ainda haveria de saber.

36

Capítulo 9 —
Um achado

No dia seguinte foi o detective precoce ao local do crime. Apenas viu a grande mancha do sangue de seu Bernardo na areia. Os rastros estavam apagados pelo vento. Nesse instante viu João Carlos uma criança com um revolver na mão. Êste garôto fora brincar no mato e lá encontrou uma pistola. Êsta arma de fogo provavelmente havia sido atirada pelo assassino no meio do mato. João Carlos tomou a pistola da criança que começou a chorar. Para consolá-la o detective levou-a a um bar e comprou um sorvete e balas para ela. Ao chegar em casa João Carlos examinou a pistola. Era de calibre 32 e

estava sem uma bala. A tarde
recebeu uma visita do delegado
que lhe trouxe a bala que matou
o jardineiro. Era do calibre 32.
O detective relatou ao delegado
o achado e a coincidência do
calibres. Já havia uma pista.

38

Capítulo 10 —
Os jardineiros chinêses.

A folhinha marcava naquêle dia 18 de dezembro. Já pelas 10 horas da manhã tocava a campainha da rua. Eram os dois chinêses, que, informados do fato vinham reclamar a promessa que a Dona Hortense lhes fizera. Foram recebidos amavelmente pela senhora que como havia prometido os pôs no cargo. O jardineiro se chamava Marbre e o ajudante Sabine. João Carlos não ia muito com a cara daquêles dois. Tinha a certeza que já os vira em algum lugar mas não sabia qual era esse lugar. Tinha também uma certa impressão que algum daquêles é que tinha matado seu Bernardo. Não contara

João Carlos o modo estranho
que encontrou aquêles homens ~~com~~
a sua mãe, senão esta na certa
os despidiria, o que não convinha
ao detective precoce por que êste
queria saber muita coisa daquêles
dois estranhos orientais.

Capítulo 11 –
Uma ligação telefônica

"Triiiim. Triiiim – Trim.
— Alô
— Quem fala?
— 4 4 8 4 4
— O senhor podia fazer o favor de chamar o João Carlos
— É' êle mesmo
— Aqui é o delegado. Consegui achar a origem das balas do revolver criminoso. São chinêsas.
— Chinesas ?!?!
— Sim
— Obrigado pela informação. Até logo
— Até logo
Trim. João Carlos pôs o telefone no gancho. Seu coração parecia que ia pular para fora. Agora tinha absoluta certeza. Os assassinos

de seu Bernardo eram aquêles jardineiros novos. Não havia duvidas. Precisava porém de provas mais concretas. Mal sabia o menino que as ia achar naquêle dia.

42

Capítulo 12.
Rescoberta sensacional

Enquanto pensava, sentado sôbre o sofá, o detective jogava uma bolinha de ping pong no chão e esta batendo no soalho voltava as suas mãos.

Mas, num momento, quando João Carlos jogou a bolinha no chão, ésta bateu na ponta do tapête e rolou para debaixo do sofá. O menino empurrou o sofá para o lado com a intenção de tirar a bolinha de baixo dêste. Nêsse momento ouviu um barulhinho de vidro debaixo do sofá. Que seria? João Carlos afastou mais o sofá e, qual não foi o seu espanto quando viu no chão um grande diamante cujo brilho, mesmo a luz do dia era equivalente ao de uma lampa-da elétrica. Ao lado dêste diamante

3

estava um jornal todo empoeirado.
João Carlos pôs a mão na cabeça.
Lembrou-se que havia lido aquêle
jornal e que o atirara a um canto.
Naturalmente empurrado pelo vento
o matutino fôra parar debaixo
do sofá. Aquêle jornal trazia
a notícia que dois bandidos
haviam roubado uma porção de
jóias na China e as jogaram fora.
João Carlos lembrou-se do pensamento
que teve. "Jogaram nada. Vai ver
que êles a esconderam em algum
lugar". Explicavam-se todos aquêles
fatos. Daquêles dois homens terem
vindo da China só para se
empregarem como jardineiros na
rua Ricardo Pinto 41. Deo detective
tei a impressão que os já tinha
visto. As jóias estavam dentro
daquêle sofá. Aquêles jardineiros
eram bandidos e agora ~~assassinos~~.

44

Precisavam ser presos com urgencia antes que fizessem mais estragos. João Carlos dirigiu-se ao telefone para avisar ao delegado todos êsses acontecimentos.

Capítulo 13 –
Prisioneiro!

O detective discou o telefone. Esperou um pouco. Discou novamente. Nova espera. Estranho! O telefone não fazia barulho. Por que seria? De repente João Carlos olhou para o lado e ficou aterrado. O fio estava cortado. Só podia ter sido um dos jardineiros. Realmente Marbre havia presenciado João Carlos fazer tôdas aquelas descobertas e foi depressa fadar a Sabine que, esperando que o menino fôsse telefonar para a polícia cortou o fio do telefone. João Carlos desceu a escada, mas no seu começo estava Marbre de braços cruzados. O menino voltou correndo para cima. No entanto no topo da escada esta Sabine com uma foice na mão. Havia se

46

escondido no banheiro e, quando
ouviu os passos do detective mignon
na escada foi para o seu fim enquanto
que marbre que estava lá em baixo
ao ouvir também os passos do garôto
ficou no começo da escada. João
Carlos aterrorizado deu um berro.
Mas nada adiantaria êste berro
porque todas as pessôas da casa
estavam narcotizadas. Os bandidos
haviam pôsto pílulas de narcótico
no café. Sabine explicou isto
a João Carlos que logo acreditou.
O menino estava agora nas mãos
dos bandoleiros e êle bem
que o sabia. Vendo que aquela
situação não tinha solução entregou-se nas mãos dos bandidos.
Estava prisioneiro!

Capítulo 14 —
Planos sinistros

João Carlos foi amarrado e obrigado a tomar uma pílula de narcótico, a qual o fez adormecer como todos os habitantes daquela casa. Quando verificaram que o menino tinha adormecido o puseram num saco e amarraram a boca dêste. Depois, Sabine foi a cozinha e pegou um grande facão que lá havia. Com êle cortou o revestimento do sofá; e, ficou muito alegre, quando viu que todas as jóias que êles haviam roubado estavam lá dentro. Nêste instante viu que Marbre também estava todo contente. Sabine pensou. — "Para que repartir as jóias com Marbre! Esperarei que cheguemos na praia e lá o liquidarei." Mas mal sabia Sabine

48

que Marbre, cegado pela cobiça,
estava pensando do mesmo modo.
Foram feitos todos os preparativos
para os dois, ou melhor os três
saíssem. Três porque o detective
estava dentro do saco que os
bandidos tinham planejado jogar
no mar. Os malfeitores iriam
pegar o mesmo vapôr que os
trouxe da China. Mas como
o vâpor já saíra da pôrto a
10 minutos iriam alcança-lo de
lancha. A passagem não seria
difícil pagar porque haviam
roubado uns contos do seu
Roberto que nêsse momento
dormia a sono solto.

Capítulo 15 —
A luta

Quando estavam prontos para partir, ambos com planos de liquidar o outro, Marbre encaminhou-se para a mesa onde estava o facão que tinha servido para cortar o sofá. Sabine, adivinhando as pretensões do companheiro correu para a cozinha e lá pegou outro facão do tamanho do que estava na mão de Marbre. Os dois se defrontaram com o olhar. Um rodeava o outro como em luta de box. Ainda nenhum dos dois tomára iniciativa. Foi Marbre quem a tomou. Pegou com a mão esquerda numa cadeira e a atirou sôbre Sabine. Êste soube desviar-se e, a cadeira, com medonho estrondo caiu sôbre o guarda louças cujos pratos na maioria se quebraram.

50

Sabine pegou num pequeno banco e, com o banco numa mão e a faca na outra avançou sôbre Marbre, que, não foi suficientemente rápido para desviar-se. O banco bateu-lhe com força na cabeça e êle caiu ao chão. Imediatamente Sabine pulou sôbre êle e crivou-o de facadas. Jorrava sangue para tôdo lado. Marbre parecia uma esponja cheia dágua que, quando espremida deixa sair pelos seus orifícios o líquido. O chão ficou todo vermelho. Sabine pegou nas jóias e com o saco nas costas partiu para o praia que havia na Ponta da Praia.

Capítulo 16 —
A fuga

Chegado no ~~pequeno~~ cais Sabine
jogou o saco que continha o pequeno
detective nas águas do mar. Se
soubesse porém a quantidade de
peixes-boto que havia naquelas
águas não faria isso. Enquanto
o saco estava prestes a afundar
um enorme peixe-boto começou
a empurrá-lo para terra e, finalmente, empurrado pelas ondas do
mar o detective foi parar na praia.
Sabine que a tudo assistira pensou
em correr e arrancar das mãos ~~daque~~ de
~~umas~~ crianças ~~que estavam na praia~~ ~~do saco~~. Mas isto
o faria suspeito e, por isso, o bandido
tratou logo de alugar uma lancha
e ir atrás do navio que já devia
ter saído fora da barra. As crianças
já haviam aberto o saco e quanto

52

viram o detective lá dentro trataram
de o desamarrar. João Carlos, a
quem a água acordára estava
prestes a morrer asfixiado quando
foi lançado a praia. Mais alguns
instantes e os planos de Sabine
surtiriam efeito.

Capítulo 17 —
A Perseguição

João Carlos logo que se viu em sê saiu correndo em direção do cais. Lá encontrou com um prático já seu conhecido e relatou-lhe em poucas palavras o que sucedia. O prático infelismente não tinha nenhuma arma mas mesmo assim resolveram ir prender Sabine que tinha em seu poder um afiado facão. A lancha do prático zaspou. Como ela era mais veloz que a que Sabine alugara e o prático tinha mais peatícia em guiar lanchas em breve as duas lanchas se igualaram. Uma ía junto a outra. Sabine contemplava a lancha do prático louco de raiva. Já não podia ir para o vapor porque o prático o denunciaria lá. Só

54

conssequiria chegar na China
e no vapôr se conseguisse matar
o prático e o detective.

Capítulo 18 —
Abordagem

Sabine só via uma solução. Abordar a lancha do prático. Fez seu barço aproximar-se do outro e, largou com o saco de frios e a faca na mão o leme e deu um hábil pulo então cair na lancha onde se achavam o pequeno detective e o prático. A situação não era das melhores. João Carlos logo que viu Sabine pular fechou a porta e as janelas da cabine. Lá fóra estava o chinês com uma faca ainda cheia de sangue na mão. Sabine já começara a fazer estragos. Tentava o chinês furar o casco. O prático pôs a lancha a tôda velocidade na direção do navio que já se avistava. Se chegassem lá estariam salvos. De repente João Carlos e o prático

56

foram lançados para frente. A
lancha brecara repentinamente.
Por que seria? João Carlos foi
para a janela e viu o motivo
daquela súbita brecada. Sabine
havia lançado a ancora que
estava na traseira da lancha.
Quando o prático foi telegrafar
para relatar a polícia sua
complicada situação viu que
Sabine havia arrancado a antena
do seu lugar. A situação
era verdadeiramente crítica.
Como conseguiriam sair dela
João Carlos e o prático?

Capítulo 19
O plano

João Carlos pos-se a pensar.
De repente estralou os dêdos e expôs
seu plano:
— Você prende a atenção
do chinês enquanto que do outro lado
eu abro a janela e pulo nágua.
O barulho não deve ser ouvido por
êle e poisso você faz bastante
barulho aí com um martelo. Eu
chego por trás do chinês e puxo-lhe
as pernas. Quando êle cair nágua
você não deixa êle subir.
As cortinas das janelas estavam
fechadas e poisso o chinês nada
via do que se passava dentro
da lancha.

Capítulo 20
Vitória!

O prático chegou junto a janela, onde, do outro lado estava Sabine e começou a fazer uma barulheira com um martelo. Enquanto isto, do lado oposto da lancha o pequeno detective abriu a janela e pulou n'água. Sabine estava prestando atenção no que fazia o prático. De repente uma mão pegou na perna do chinês e o jogou n'água. Imediatamente, enquanto o chinês se refazia da surprêsa, João Carlos pulou para lancha enquanto que o prático x dava com uma vara na cabeça de Sabine. O pequeno detective recolheu a ancôra e a lancha partiu ficando Sabine no mar. A lancha rodeava

Sabine que estava sem a faca e sem as jóias. A faca caíra no mar e afundara e as jóias estavam na lancha.

Capítulo 21 —
Prisão de Sabine

O prático logo consertou a antena e pôde telegrafar para a polícia marítima. Sabine tentava em vão alcançar o barco. Estava perdido. Logo algumas lanchas da polícia marítima chegaram e aprisionaram Sabine, que, fatigado não opôs nenhuma resistência. João Carlos entregou as jóias a polícia e depois, acompanhado de alguns policiais dirigiu-se para sua casa. As pessôas que lá moravam tinham acordado a poucos instantes e estavam assustadíssimos com o cadaver de marbre que haviam emontrado na copa. A dona Hortense havia desmaiado. Logo os ânimos foram acalmados.

Chegou a assistência, a polícia a radio patrulha e de novo o povo se aglomerou na porta do nº 41 da rua Ricardo Pinto. O delegado soube do que aconteceu e cumprimentou João Carlos. Era mais um caso resolvido pelo detective mignon.

Capítulo 22
Um presente

Era vespera de Natal. João Carlos, cujo cartaz aumentara consideravelmente na cidade, lia um jornal, sentado na cadeira da varanda. Nesse instante tocou a campainha da rua. O menino foi atender. Era uma encomenda mandada da China para o detective precoce. João Carlos assinou o recibo e foi para dentro da casa abrir o embrulho. Era uma grande flâmula onde estava escrito:

"Chiank-di-Ekek, pelos valorosos serviços prestados pelo menino João Carlos Marinho Silva, salvando um grande número de jóias de alto valor e devolvendo um perigoso bandido a prisão, pede que o menino aceite êste humilde presente." FIM

Índice dos Capítulos

Capítulos	Nome	Páginas
1	O roubo	15
2	O sofá novo	18
3	O jornal velho	21
4	O navio chinês	23
5	Os jardineiros atrazados	26
6	Seu Bernardo	29
7	O assassinato	31
8	A polícia	34
9	Um achado	56
10	Os jardineiros chineses	38
11	Uma ligação telefônica	40
12	Descoberta sensacional	42
13	Prisioneiro!	45
14	Planos sinistros	47
15	A luta	49
16	A fuga	51
17	A perseguição	53
18	Abordagem	55
19	O plano	57
20	Vitória!	58
21	Prisão de Sabine	60
22	Um presente	62

64

1. Marinho
2. Elzio de Andrade
3. Roberto Silva
4. Hortenc M. Silva
5. Jandira do Nascimento.
6. Maria Inês Lopes de Andrade
7. Maura
8. Paulo Santos Cruz (Spidnária)
9. Francisco Camil Santos
10. Albertino Moreira
11. Fernigundo Luiz Ribeiro
12. Luiz Francisco
13. Diva Menes
14. Catia Menes
15. Bencão (Nosde) muriá
16. Germani Botto de Rama
17. Auraz Botto de Barros
18. M. Potyguar da Rocha e Silva
19. Avios e Seminarios
20. Arlando A. Guimarães
21. José Gomes da Silva
    Pedro Augusto do Amaral.

Leitor assine aqui

Eu, Artur Neves, editor por interêsse e vocação, diretor-gerente da Editora Brasiliense Ltda., "descobridor" da sra. Leandro Dupré e outros escritores de sucesso, organizador das Obras Completas de Monteiro Lobato, sócio-fundador da Câmara Brasileira do Livro, eu, enfim, que estou mergulhado até o pescoço no negócio do livro, declaro e dou fé que li as páginas vibrantes de As Joias Desaparecidas, de João Carlos Marinho Silva e, sem qualquer consulta à astrologia, baseando-me apenas no valor do fundo e da forma desta novela, prevejo para o jovem escritor o mais brilhante futuro e um lugar de relêvo na literatura nacional. João Carlos Marinho Silva será um grande escritor, ninguém tenha dúvida. Declaro e assino, aos 5 de dezembro de 1948.

Artur Neves

Leitor assine aqui

Cyro de Moraes Campos

Heloisa Maunku

Celita M. S. Oliveira

Marina Valladão da Costa Funguim

D. tochau

Aloysio de Souza Fontes

Gilberto Francisco Mendes

Delgado

Hélio Miranda de Abreu

Dawdt

Denise Marinho Gulha

muito honrada, Ana Paula Paroffei 03/10/24

68

Leia livros
da
EDITORA
COLAPSO.

Comecei êste livro no dia 25 de 11 de 1948.

Terminei êste livro no dia 28 de 11 de 1948

Ultimo livro

NOTAS

1 A brincadeira de escrever livros não era novidade para João Carlos Marinho (JCM). Como já tinha feito outros "livros" antes de 1948, criou até o nome de uma editora para abrigar todos os seus títulos. O curioso é que "colapso" é uma palavra com sentido negativo, que dificilmente seria escolhida como nome de uma empresa real.

2 Ao mencionar nas páginas iniciais as obras anteriores do mesmo autor (verdadeiras) e o Prêmio Nobel "recebido" por ele (ficção autoirônica), JCM demonstra ser um observador minucioso dos detalhes que podem estar presentes em um livro. No caso, trata-se de informações de caráter promocional, frequentemente inseridas pela editora para atrair mais leitores e estimular expectativas positivas sobre a obra em questão.

3 Esta é mais uma página com a função de contribuir para o "marketing" do livro. É a única com ilustrações, desenhadas pelo próprio JCM, como ocorrera nos títulos anteriores, todos do gênero HQ. A influência dos quadrinhos é evidente, por exemplo, em onomatopeias como "rock", "bang" etc. Mas o enredo de *As joias desaparecidas* não corresponde totalmente às expectativas geradas por esse "book trailer" da época. Afinal, não há cenas românticas na história. Isso permite supor que essa página tenha sido feita antes de JCM terminar a obra.

4 Destaque para a irônica megalomania de alardear o livro como vencedor do prêmio mais importante do mundo para um escritor.

5 Outra brincadeira com a imagem de celebridade que um escritor pode alcançar.

6 A lista das obras publicadas pelo *petit escritor*" é influência direta dos livros de Monteiro Lobato, que continham essa informação e, com isso, ajudavam os leitores a saber quais dos livros da "coleção" ainda não tinham. Essa ênfase no conjunto das obras do autor pode ser visto como um indicativo da vontade de JCM de se tornar um escritor no futuro, como acabou de fato ocorrendo.
O título diferente desta obra (aqui aparecendo como *As joias perdidas*) permite supor que esta página também tenha sido escrita antes da conclusão da história.

7 As informações exageradas, muito além das contidas em livros "de verdade" (endereços, descrição física e imagens da impressão digital do autor), têm também efeito humorístico.
Um detalhe: os leitores de hoje talvez não saibam que o Distrito Federal, onde nasceu o autor, na época ainda era a cidade do Rio de Janeiro.

8 Na época ainda se usava pena, ou caneta tinteiro. A era da caneta esferográfica veio depois.

9 Aos 13 anos, JCM já se mostra ironicamente consciente de que os elogios em voz alta nem sempre correspondem à opinião das pessoas.

10 Frango d'Água era o apelido de Artur Neves, como é dito nesta edição.

11 O narrador retoma informações do primeiro capítulo. Com isso, conecta duas situações distantes (a China de 1933 e o Brasil de 1947) e gera a expectativa de que as joias talvez não demorem a reaparecer.

12 Se ainda faltasse algo que deixasse clara de vez a separação entre o João Carlos autor e o João Carlos personagem, nessa passagem aparece quem de fato dá as cartas na história: o narrador. É essa figura poderosa que, utilizando um recurso muito comum desde o teatro grego antigo, faz o público saber o que o herói ainda ignora.

13 Ressurge o humor, desta vez pelo brusco contraste que lembra ao leitor que o famoso detetive é uma criança.

14 Um recurso literário muito utilizado é a reiteração de elementos já mencionados. A memória do já lido é acionada, assim como a curiosidade sobre o motivo do reaparecimento do elemento (no caso, o endereço da casa do detetive). Pelo lado do enredo, o leitor é convidado a participar da investigação. Pelo lado do sabor da leitura, o escritor vai fixando como que um refrão, um bordão (no caso, "Rua Ricardo Pinto, número 41").

15 No final deste e de vários outros capítulos, é utilizado um recurso conhecido pela palavra inglesa *cliffhanger*, ou "gancho", em português. Trata-se da interrupção da narrativa em um momento de tensão dramática, para manter o leitor em suspense, curioso sobre o que acontecerá no próximo capítulo ou episódio.

16 O tempo da narrativa é frequentemente marcado pela folhinha do calendário. O autor poderia perfeitamente apenas escrever "No dia seguinte" (ou "Passado mais um dia", para não repetir o marcador temporal do capítulo anterior), mas preferiu utilizar um recurso mais visual, cinematográfico, para situar o leitor na cronologia da história.

17 A influência da linguagem dos quadrinhos é sugerida nesse diálogo com linguagem informal, onomatopeias e pontuação enfática.

18 Deste capítulo em diante, a narrativa começa a transportar-se rapidamente do campo intelectual da investigação para o da ação perigosa.

19 Esse conflito em pleno mar, ápice da tensão dramática de *As joias desaparecidas*, provavelmente foi uma das inspirações para uma cena importante de *Sangue fresco*, aventura publicada por João Carlos em 1982.

20 No último capítulo, já com o conflito resolvido, o humor está de volta, talvez para ficar como último sabor da história. Mais uma vez, o recurso utilizado é o exagero, em dose sutilmente irônica.